즐거운 오렌지가 되는 법

.

강순

제주에서 태어났다.
한양대학교 대학원 국어국문학과를 졸업했다.
『현대문학』을 통해 시인으로 등단했다.
시집 『이십 대에는 각시붕어가 산다』를 썼다.

파란시선 0051 즐거운 오렌지가 되는 법

1판 1쇄 펴낸날 2020년 2월 15일

지은이 강순
디자인 최선영
인쇄인 (주)두경 정지오
펴낸이 채상우
펴낸곳 (주)함께하는출판그룹파란
등록번호 제2015-000068호
등록일자 2015년 9월 15일
주소 (10387) 경기도 고양시 일산서구 중앙로 1455 대우시티프라자 B1 202호
전화 031-919-4288
팩스 031-919-4287
모바일팩스 0504-441-3439
이메일 bookparan2015@hanmail.net

ⓒ강순, 2020, printed in Seoul, Korea

ISBN 979-11-87756-61-3 04810
　　　979-11-956331-0-4 04810 (세트)

값 10,000원

즐거운 오렌지가 되는 법

강순 시집

시인의 말

어느 날 큰 회오리바람이 불었다
방이 공중으로 떠올랐다
깔깔깔 소리가 꿈을 가로지르고
낯설고 설레는 옷을 입은
이번 생의 마법
손톱이 자라 환상까지 닿아
미지의 문장들이
당신에게 가고 있다

차례

시인의 말

제0부

봄밤은 너무 꽉 차서

길은 여러 개의 눈을 가졌다
거대하고 미세한 눈동자들이 사방에서 따라온다
죽은 자의 그림자를 끌고
골목을 돌아 시장을 거쳐 현관문 앞까지

길은 무덤을 빠져나와
눈을 부릅뜨고
꿈속을 가로질러 성큼성큼 다가온다

누워 있는 나뭇잎들은 나약해서
자꾸 몸을 뒤집는다
사팔눈을 한 소녀처럼

어떤 사랑은 길을 찾아가다 죽었어

길은 죽음을 흥정하는 곳
죽음을 데려다가 죽음을 키우다가
죽음의 주인에게 되파는 곳

얼굴 붉은 여자가 나뭇잎처럼 운다

화장(化粧)하는 시간

얼굴을 찾고 있어요

나는 반죽처럼 작습니다
나를 요리해 볼까요
밝은 톤으로 응 하고 대답하면
내가 점점 부풀어요

나는 윤기 나게 구워지는 빵
선이거나 악이어서
대부분 좋아해요

배고플 때 나를 생각하면
당신은 착해지거나 슬퍼져요
응 혹은 아니를 선택해야 할 때
맛있게는 나의 목표랍니다

응 혹은 아니는 비슷한 풍미일지 몰라요
안녕? 혹은 안녕!이 단맛이 나는 것처럼

나는 어제와 오늘 사이에 살아요

이기적이라고요?
배고플 때 빵 맛이에요
잔주름은 기다림의 대가(代價)라서요

말랑말랑한 말들이 구워지는 아침
하루를 위해 나는 바빠져요
입술에 붉은 꽃잎을 올려 볼까요

말들을 조합하면
이제 하루의 빵이 완성되네요
거울 속 나는
완전하답니다

진짜 얼굴이죠

의자의 이데아 1

작은 새가 찾아와 쉴 수 있도록
구름 조각이 넘어져 잠들도록
실연당한 꽃잎이 한숨을 내쉬도록

나의 얼굴을 낙서로 칠해 주세요

의자의 이데아 2

담벼락이 나에 대해 아는 건
몽상에는 숲이 하나 있고
숲에는 착한 마녀가 웃고 있고
마녀는 나무집에 살고
그 집 안에 심장이 살아 있다는 것

나는 실종되고 편집되다가
모두가 잠든 한밤중에
홀로 우주의 왼편을 살짝 흔들어
담벼락에 푸른 그림자를 흘릴 거래요
그리하여 새벽녘 당신의 눈길에 닿을 거래요

그러니 눈을 뜰 얼굴을 달아 줘요

어쩌면 나비

슬픔은
당신 등을 평생 파먹는 곤충

등을 동글게 만
애벌레처럼
엄마의 일생은 펴기가 징그럽다

어디쯤에서 날개를 잃어버렸나

꿈틀꿈틀
몸 안팎에 익명의 선언문을 쓰느라
신음으로 지우고 고치는 순간

주름 속에서
못내
나비는 다다를 수 없는 낯선 혁명 같다
눈 감아 가는 안락국 어디쯤이다

눈물보다 강한 문장들
유언으로 등에 새기는가

이제 저기 햇볕 쪽으로 가요
조금만 더 힘을 빼고 문장들을 버려요

병실 침대가 허공에 떠 있다

날개를 찾는 동안

 날개를 찾는 동안 밑줄로 세워진 벽은 단단했다 척수에 잘못 투입된 약물로 날개는 순식간에 사라져 버렸다 의사는 한마디 사과도 없이 벽에 밑줄 하나를 그으며 수술실을 나섰다 나는 날개를 찾지 못해 박제가 되어 갔고 신이 나의 날개를 숨겼다고 믿는 이들이 늘어 갔다 벽이 너무 단단해서 벽들의 밑줄들을 지나 벽들의 울음들을 지나 벽들의 방들을 지나 벽들로 된 거대한 빌딩을 찾으면 온통 밑줄들뿐이었다 이번 생은 강조점이 너무 많아 벽들이 더 촘촘했다 벽을 향해 마비된 몸을 마구 던졌다 신이 이미 죽어 버렸다는 소문이 벽 속에서 들려왔다 거짓과 진실이 구분되지 않는 밑줄들은 나의 문장부호가 아니기를 모든 기도가 문장 속에 날개를 숨기고 있기를 밑줄은 말줄임표 속에도 숨어들었다 슬픈 기도가 벽에 가닿도록 죽을힘을 다해 벽을 받으면 공포의 밤들이 정수리에 쌓였다 정지된 시간이 벽의 안쪽과 바깥쪽 모두를 단단히 포박했다 미래에 태어날 멜랑콜리한 문장들은 벽에 안착하려고 꿈틀댔고 미래에 사랑받을 나의 소품들은 악몽 속으로 이사 왔다 소문에 전염된 벽들이 앙상한 손톱을 뻗칠 때 수많은 신들이 밤마다 죽어 나갔다 나는 끌려가는 신들의 비명을 숨기느라 매번 귀를 틀어막았다 아침이면 병상에 밑줄들

이 쌓여 거대한 산을 이루었다 나의 망토와 고깔모자는 그
렇게 밑줄들로 만들어졌다

권력

    내 안의 내가 나를 본다 내 뒤의 내가 앞의 나를 부른다 내 왼쪽의 내가 오른쪽의 나를 듣는다 내 앞의 내가 돌아 서서 뒤의 나에게 걸어간다 내 뒤의 내가 앞의 나에게 너 는 늙어 버렸구나라고 말한다

    내 앞의 내가 뒤의 나에게 머리를 조아린다 내 오른쪽 의 내가 내 왼쪽의 나에게 몸을 보여 준다 내 왼쪽의 내 가 아이스크림을 빨다가 당황한다 근육을 많이 키워야겠 어라고 말한다 내 오른쪽의 나를 지나 러닝머신으로 다가 간다 내 앞의 내가 미니스커트를 입은 뒤의 나를 응시한다

    나는 세포분열하는 나들을 바라본다 나는 기억 위를 날 아가고 나는 배꼽 티셔츠를 입고 거울 앞에 서고 나는 거 울 속의 나에게 입술을 내밀고 나는 허리를 꼿꼿이 세우며 뒤태를 확인하고 나는 붉은 매니큐어를 바른 손톱을 나에 게 보여 주고 나는 립스틱을 바른 입술을 뻐끔거리고 나는 거울 속을 또각또각 걸어 애인에게 걸어가고 나는 오후 세 시의 그림자를 확인하며 커피를 마시는데

    모든 나는 젊은 나를 바라본다 늙은 나는 젊은 나에게

꾸벅 인사한다 내 왼쪽의 나와 내 오른쪽의 나도 모두 젊은 나에게 인사한다 젊은 나는 내 뒤에서 모든 나들을 조종한다 기억 속에 마녀로 앉아 나 밖으로 나오지 않고 천년 만 년 산다

알람 시계

커튼을 걷어 햇살을 선물할
엄마를 책상 위에 심었다

엄마는 시간을 거꾸로 살아
주름살이 없어졌다

엄마 얼굴에 새를 옮겨 심고
새소리를 들었다

엄마,
빈약한 잠을 부풀려 선물 상자를 만들어요

어느 날 엄마는 무럭무럭 자라
새장을 부수고 탈출했다

모든 젊음에는
망각이 필요한 법

엄마는 시간을 차곡차곡 모아
푸른 햇살을 선물하는

젊은 여자라서 좋아요

새는
울음을 만들어 내느라
엄마의 얼굴을 파먹고

엄마는
충분히 젊어서
나의 미래가 되었다

내게 새를 선물하는 것이
엄마만은 아니지만

엄마,
빈약한 잠을 부풀려 미래를 만들어요

박쥐의 계절

이달 내내 동굴 밖으로 나오지 못했다

잘 지내?
응, 잘 지내

발톱은 수식어들을 몇 개씩 갉아먹고

아픈 데는 없고?
늘 그렇지 뭐

부서진 발톱을 감추는 데 이제 익숙하다

언제 얼굴 한번 봐야지
그래야지

바람이 그림자를 비껴갈 때는 동굴이 더욱 습해진다
바람이 방향을 바꿀 때는 땅의 울림에 귀 기울여야 한
다는데

아프지 말고

응, 너도

나무와 꽃이 건네는 말들을 해독할 줄 알았더라면

미처 누설하지 못한 문장들이 동굴 벽에 쌓여 간다

동전의 목소리

잊히지 않으려고 밤새 내 이름을 불렀다
이름을 부르다가 패스워드를 잃어버렸다
목이 나오지 않아 목소리가 어둠에 묻혔다
기억할 수 있는 문장들도 몇 개 남지 않았다

사람들은 대부분
편리를 숭배한다
노인 혹은 아이의 가슴에서나 겨우
위로를 발하는 작은 목소리가 되지 않으려고
제국을 건설한 영광을 잃은 나는
무대에서 내려온 패배자
숨은 얼굴이 되지 않으려고

납작 누워서 어둠을 먹고 또 먹었다
거품 같은 역사가
양파 자루 틈 사이로
나를 훔쳐보고 있다

애고, 저 귀찮은 것 좀 치워 봐요

누군가 나를 가리키며 소리쳤다
나는 나의 눈빛을 어디쯤에서 잃어버린 것일까
납작 엎드려서 되뇐다
빛바랜 목소리가 더 깊은 흔적이 될 때
이웃도 사랑도 인사 없이 떠나간다
얼굴은 더 이상 미련이 되지 않는다

Bed is bad

나의 베드는 나를 소유하고 너의 베드는 너를 소유하고
우리의 베드는 우리의 심장을 소유하고
그래서 우리는 영원히 만날 수 없고

나의 베드가 나의 어깨를 소유해서 너는 나의 가슴을
소유할 수 없고
너의 베드가 너의 다리를 소유해서 나는 너의 발을 소
유할 수 없고
우리는 각자의 베드에서 발가락을 꼼지락거리며
각자의 테이블에서 체념을 먹고
각자의 베드에서 운명을 덮고 잔다

소유란 늙은 군주

그러나 어느 비 오는 밤 우리는 꿈을 꾼다
나의 베드가 베드를 비웃고
너의 베드가 베드를 거부한다
베드의 혁명은 베드를 버리는 것
너와 내가 베드가 되는 것
나의 가슴과 너의 심장이 만나는 것

너는 나의 베드로 나는 너의 베드로

우리는 서로의 문장을 덮고
뜨거운 연인이 된다

거울의 통증

내가 당신에게 안착하느라 얼마나 힘들었는지
이제부턴 말하지 않겠습니다
오래전에 얼굴을 버렸는지
아침마다 얼굴을 몇 번이나 깼는지
새를 몇 마리 죽였는지
밤을 쨍그랑 깨고 출몰했는지
한낮에도 햇살에 놀라 울었는지
이제부턴 말하지 않겠습니다

나는 오직 미소만 키웠습니다
당신의 눈길을 기다리며

그러다가 백 년을 깨어 있어도
지구는 늘 허풍쟁이처럼
인내만을 강요한다는 걸 알았습니다

그래서 나를 돌보지 않았더니
아침마다 새들이 날아오르지 않더군요
껍질을 바닥으로 내버렸더니
떠나가는 새들의 뒷모습이

더 이상 보이지 않더군요

통증은 통증을 느껴야 통증입니다
나의 뼈가 비틀려도 단단한 근육이 잡아 주면
더 이상 통증이 아닙니다

나는 아무에게나 웃습니다

일요일이 사라졌다

평일에 일하고 주말까지 일한 여자가 졸다가 자동차로 바오밥나무를 들이받았다 나무가 아플 거야 미처 여물지 못한 바오밥이 나무 입술에서 튕겨져 나온다 충격을 해부하느라 꿈을 방문한 여자 차에서 내려 나무를 쓰다듬고 싶지만 나무가 여자에게 오지 않는다 일어나야 해 나무가 아플 거야 검은 새들이 몰려온다 새의 깃털처럼 가볍게 나무의 입술이 허공으로 날린다 미처 소화하지 못한 밥을 토해 내는 바오밥나무의 입술이 여자를 향해 달려온다 너는 여기에 서서 얼마나 힘들었니? 이봐요 아직은 내 얘기를 다하지 못했어요 평일을 맴돌다 주말까지 가둔 말들 밥을 구하기 위해 밥을 토해 내는 여기는 치열한 아프리카 밥들은 꿈 밖으로 나가지 못하고 팝콘처럼 허공에서 터진다 통증의 방점을 잃어버린 여자 통증을 쪼아 먹고 불룩해진 새의 창자처럼 무겁다 이봐요 일어나야 해요 미처 여물지 못한 밥들의 추락 겉은 튼실하고 속은 비어 버린 거식증에 걸린 여자의 손톱처럼 하얗다 여기는 생명의 땅 아프리카 내게서 밥을 빼앗지 말아 주세요 많은 말들이 허공의 깊이에 파묻힌다 이봐요 아직은 내 안에 많은 말들이 남아 있어요 부러진 손톱들이 점점 푸르러지고 있어요 ……
꿈속에서 꿈 밖으로 기억의 중심을 찾느라 여자의 시간이

거의 소진되고 있다

제1부

표면장력

물방울을 오래 바라보았다

둥글게 둥글게 부풀어
터지기 직전의 긴장한 내 몸이
당신을 빠져나가지 않으려고
당신 안에 버티고 있는 게 보였다

어제를 겨우 빠져나와
하루를 지구에서 보내고
오늘도 어떤 행성을 찾지 못해
지구에서 또 하루를 버티는

톡
표면에 닿으면 사그라질 듯
잠시 내게 얼굴을 보여 주는
기억

아직도 나는 지구를 사랑하나 보다

가로등의 목격

한 나무가 왔다가 간다
한 나비가 갔다가 온다
힘 있는 것들은 나를 좋아하다가 등을 돌린다
목소리가 고운 것들은 바람을 좋아하여 까르르거리다가
바람의 앞잡이가 되어 나를 떠나간다
사라진 목소리들이 허공에 둥둥 떠다니는 밤
줄기조차 바싹 마른 목숨들이 방향을 잃는다
서로의 침묵이 서로의 그림자를 늘리는 시간
그들의 침묵을 받아내느라 허공은 더욱 바빠진다
아무도 모르는 언어를 아무도 모르게 소화하느라
또 한 목숨이 깊은 밤에 흔들린다
누군가에게 빛인 것이 누군가에겐 어둠
누군가에게 어둠인 것이 누군가에겐 빛
나는 여전히 가난한 차림으로 주름을 늘리며
같은 자리에서 깨어 있으려고 노력한다
갔다가 다시 오지 않을 바람의 말을 이제 배운다
슬픈 목숨과 내통한 바람의 비릿한 냄새
그 속에 출처 불명의 낯선 언어들을
내가 밤새 해독할 테니
나는 깨어 있어서 증명해야 한다

하나의 목숨이 흥건한 피를 내게 남겨 준 날조차도

이 밤, 누군가가 날 훔쳐보고 있다

수박의 신음

주체할 수 없는 욕망도 있다
여름 한낮 길가에 벌러덩 자빠져서
개미가 오기 전부터 죽음의 풍문을 풍기더니
드디어 붉은 단물 녹아내린다

달콤한 속살을 드러내 개미를 껴안고
죽음을 미리 소진하는 줄도 모르고
종말을 부르는 폐허인 줄도 모르고

여름은 죽음을 가장 뜨겁게 빛내는 계절

미처 버리지 못한 신앙을 전파하기 위해
개미들은 이웃 개미들을 즐겁게 초대하고

온 정신이 멍들어서
붉은 속살밖에 가진 게 없는
이 세상 모든 상처들

미천한 신앙의 힘으로
유혹의 냄새 풍기며 단정치 못하게 누워

뜨거운 햇살 아래 바닥을 뒹굴고 있다

신도 오지 않는 곳에
기억이 숨어 산다

달팽이가 간다

오늘 밤은 잠이 안 와서
사과만큼의 거리를 갔습니다

나의 걸음에 대한
당신들의 소문은
이제 폐기할 때가 되었습니다

사과만큼의 거리란
사과 백 개 천 개를 늘어놓은
아주 달콤한 목표일지 모릅니다

나무들도 제자리에서 걷는다지요
새들도 자면서 어둠을 건넌다지요

내가 있던 자리에
풀이 자라납니다
나는 밤잠을 잊었으니까요

삼백오십 번째 사과가
단맛을 풍기기 시작합니다

내 몸 밖으로 진물이 흐릅니다

음펨바 효과

나는 날갯짓을 만 번쯤 해서
네게로 간다
너는 나의 방문에 초연한 듯
울지도 웃지도 않는다
모든 꽃들은 웃지 않는다
인간만이 꽃을 오해한다
내 눈빛을 읽은 너는
이제 붉은 입술이 없구나
몽상의 한가운데
나는 너의 왼쪽 시린 곳에 앉는다
나의 생은 부풀어 올라 달에게 가고 싶었다
신을 만나 약속받고 싶었다
달의 유효기간이 얼마일까?
눈을 감을 때는 아껴 두었던 네 오른쪽을 꺼내 본다
어둠 속에 떠오르는 노란 이마
네가 내준 게 입술뿐이 아니었구나
네 몽상에 나를 자주 초대하였구나
나처럼 바람에 흔들렸구나
나처럼 부풀어 올랐구나
신에게 질문도 하였구나

44

밤마다 한 잎 한 잎 색 입혀
나를 그렸구나
우리는 벌거벗고 달빛 열반에 있었구나
우리 온도가 가슴 시리게 뜨거웠구나
네게로 가던 허공의 빗금들
꿈에서 깨면 날갯죽지가 많이 아프다

빵의 꿈

당신을 기다리는 동안
나의 꿈은
푸른곰팡이꽃 피워 올리기

배고픈 유령처럼 입을 벌려
허공에 떠도는 소문 빨아들이기

구석은 혁명을 꿈꾸기 좋은 곳
말 많은 어제를 버리고
벙어리처럼 종일 입을 닫기

구석은 묵언을 본다
몸을 부풀리며 자유롭고 가난하게
당신이란 목적어를 벗어나는 수행을 본다

구석은 나의 우주
나는 당신이란 행성에서 온전히 멀어져
구석에서 나를 피우고
푸르게 꽃피는 행성

나는 당신에게 선택되지 않을 권리가 있다

유언장

끈끈이에 붙은 날개가 내 유언장이다
날 선 바람에 붙잡혀 밤까지 떠밀려 왔다
빠져나오려 발버둥 칠수록 악착같은 문장이
숨구멍을 턱, 막는다
파리 하나 죽어도 세상은 아무도 몰라
나는 안데스산맥을 유영하던 콘도르
그것이 비극의 실마리인지도 모른다
나의 다리는 당신 속을 우아하게 걷는 홍학의 것이고
나의 부리는 당신 주검을 쪼던 갈까마귀의 것인지도
출렁, 왼쪽으로 사십 도 각도
밤은 죽어 가는 문장이 내지르는 비명
다시 출렁, 오른쪽으로 이십 도 각도
아픈 문장이 더 아픈 문장을 잡아먹는 각도
출렁, 발버둥 칠수록 끈끈이 속으로 빨려드는 백 톤의
질문
출렁, 천 톤의 대답
대답은 질문보다 서럽다
출렁, 날개가 조금씩 찢어진다
낯선 문장을 새기는 오른손은 내게 원래 없는 것
그동안 변명들로 사기 친 죗값

썩은 세포들을 쳐낼 손톱이 없는 목숨
마침내 날갯죽지가 툭, 찢어진다
나는 고작 바닥으로 추락하는 파리일 뿐
처음부터 내게 날개 같은 건 없었다

곶감이라는 이유

설익은 기억을 허공에 내놓자

바람이 하루 종일 슬픔의 두께를 잰다

푸른 과거로 도망치는 일은 나의 이데올로기가 아니다

나의 운명은 천여 톤의 붉은 질문들

바람에게 슬픔의 두께를 내어놓는 일, 오로지 망각이다

배고픈 바람이 슬픔을 다독여 슬픔을 먹고 슬픔으로 배
부르는 일

망각은 버거운 사치여서 밤마다 어지러운 환상

먼 곳 슬로바키아에서 달빛이 몰려온다

당신에게 달콤한 유혹을 헌사하기 위해

까마귀가 다녀간다

작은 슬픔의 편린조차 잊는 일

모든 망각에는 희망의 꽃씨가 들어 있어

상처 자리 쓰다듬은 지 백 번 천 번

부끄러운 맨살 위 붉은 꽃 검은 꽃 흰 꽃이 피어난다

혼자 울던 문장들 만 번째 새로운 해답이다

귀를 씻었다

버려진 운동화 같은
귀를 주웠다

누군가가 쓰다 버린 지우개 같은
귀를 주웠다

귀를 모았다
귀들이 섞여 내 귀가 없어졌다

귀를 만졌다
기억은 활짝 꽃피지 못한 암갈색
귓속에서 짐승 소리가 났다

소문 속의 귀 소문 밖의 귀
다 버리고,

어느 새벽
서랍에서 빛바랜 낡은 두 귀를 꺼내
천천히 씻었다

내가 나를 부르는 소리가 났다

막 피어나는 분홍색이었다

탈피

꼬리가 길어서 통증이 심한 걸까 밤새 기침 또 기침 천
년 동안의 잠에서 깨어난 폭풍 같은 기침 엄습해 꿈꾸는
욕망 때문이란 생각도 했어 서쪽으로 불어 간 바람이 서
쪽에 이르지 못하고 내 안에 고여 썩어 가고 있더군 기침
한 번 할 때마다 지구의 반쪽이 흔들려 한낮의 햇살을 버
린 밤의 독침은 치명적이야 차라리 지구 전체를 암흑 속
에 가두고 말아

바람의 유혹은 꼬리 끝에서부터 시작되었어 이제 그만
나를 벗으면 껍데기인 내가 보일까 나도 내가 누군지 몰라
지겨운 기침이 자꾸 지구를 감아올려 미친 밤의 통증 기,
다, 려, 포효하던 사풍이 가라앉고 있어 가루처럼 부서지
는 허물을 거울 속에 털어 낼 때 슬퍼서 붉은 혀 다시 날
름거려 기침이 멈춘 아침

징그러운 내가 벗은 건 무엇이지?

제2부

분홍 드레스
—마녀 일기 1

울음들을 버리고 돌아오는 길
해독은 나의 춤
춤은 팔분의육박자로 명랑해진다

소문들을 버리고 돌아오는 길
매끄러운 손톱 같은 망각을 꿈꿀 때
나는 즐거워진다

마력이 아주 세져서
어둠을 물리치고
분홍 드레스를 꺼내 입는다

언니, 이제 나는 용감해졌어요
세상이 즐거워지는 지팡이를 휘둘러요
바구니 속 기억들이 먹음직스럽네요
앞이 뾰족한 구두가 깨어나 춤을 추어요

울음의 항목들이 하나둘 지워진다
열 살 이후로 멈췄던 손톱들이 다시 자라나고 있다

웃음소리
—마녀 일기 2

구름이 엉덩이를 쏙 끌어당긴다 나는 이제 마녀답게 웃
는다 왜 웃느냐는 자문도 없이 구름 위에 앉아 구름을 뜯
어먹으며 웃는다 구름에 섞인 망각들이 맛있다고 웃는다

솜사탕 같은 가벼운 풍문들이 사방으로 날리는 계절,
즐거운 냉소는 나의 입으로 들어가 그대의 항문으로 나
온다 그대도 나처럼 지상에 안착하지 못했구나 허공에 주
소를 새로 내었구나 그대가 구름 속에 산다는 소문은 나
의 기쁨

구름 방석을 깔고 산 지 오래되었다 풍덩풍덩 빠져서 절
대 빠져나오지 못하는 질퍽이는 그물망 위로 퍼지는 웃음
소리 더 외로운 자의 웃음소리

새들도 허공을 뜯어먹으며 허공에 알을 낳은 지 오래 길
잃은 문장들을 벌레처럼 잡아먹는다 날카로운 부리를 가
졌던 새들은 풍문에 배가 불러 귀먹고 눈멀고

바람은 계속 날리는 풍문을 낳고 그대와 나는 구름 과
자가 맛있다고 웃는다 열흘 동안 뜯다 만 문장들이 쌓여

간다 길고 날카로운 것들

애인을 주세요
—마녀 일기 3

　내게 하늘로 자라나는 뾰족모자가 있어요 애인을 주세요 그러면 마법을 보여 줄게요 긴 손톱으로 당신의 슬픔을 긁어먹을게요 내게 찰랑이는 긴 머리가 있어요 애인을 주세요 그러면 서쪽과 동쪽을 가르는 기쁨의 강을 만들게요 당신의 서쪽은 장미 정원이 펼쳐지고 나비가 날아오르고 벌꿀이 뚝 뚝 떨어지는 곳 내게 빛나는 드레스와 구두가 있어요 발 없는 애인을 주세요 그러면 즐거운 문장들이 어서 오라고 주문을 외울게요 모든 슬픔들을 청소하는 문장을 드릴게요 내게 악몽들을 쓸어 담는 빗자루가 있어요 쓸모없는 기억들을 날것으로 잡아먹는 고양이가 있어요 등이 없는 애인을 주세요 그러면 당신의 입술이 되어 당신의 여러 문장들 중 가장 멜랑콜리한 문장 하나를 드링크처럼 받아 마실게요 당신에게 깊고 달콤한 수면을 드릴게요 내게 당신 악몽을 염탐할 검은 까마귀가 있어요 그러니 이제 심장이 녹지 않는 애인을 주세요 나는 아직도 녹아내리는 꿈에서 벌떡 깨어 부르르 떨곤 해요 악몽을 빠져나와 몇 개의 쉼표들을 태우고 서쪽으로 날아갈 빗자루가 있어요 십 년 묵은 우울을 무료로 해독하는 신약이 있어요 내게 배신 없는 애인을 주세요 내게 애인은 내 생명의 근원이며 말단 낮고 작은 목소리로 귀에 대고 명랑한

노래를 불러 줄 애인을 영원히 마법에 걸릴 애인을 지구의
울음을 받아 마시며 껑충껑충 함께 춤출 애인을

눈사람
—마녀 일기 4

　시간을 한 조각씩 떼어 내 먹다 보면 슬픔이 슬픔을 맛
보는 순간이 있다 그러면 눈사람이 광대뼈를 드러내며 웃
는다 열 살 이후로 작은 방에는 눈사람이 누워서 조금씩
녹는다 정이 많은 사람들이 문을 닫으며 혀를 끌끌 찬다
엄마는 차가운 수건을 이마에 올려놓다 지쳐서 쓰러지고
빙점을 알 수 없는 눈사람이 계속 녹는다 열세 살 이후로
눈썹이 녹고 머리카락이 녹고 코가 문드러지고 그럴 때마
다 눈사람은 덜컹이는 버스를 타고 병원으로 실려 간다
심장이 아픈 눈사람은 녹는 손으로 심장을 감싸 안고 엄
마는 녹지 말라고 울며 기도한다 눈물로 배가 부른 눈사
람이 또다시 웃는다 붉은 뺨과 보조개를 드러내며 웃는다
열네 살, 막내야 착한 영령들이 사는 숲으로 너를 옮겨 줄
게 심장은 녹지 말거라 그 후 조금씩 조금씩 더 녹다가 스
물두 살에 다 녹아 버려 눈물의 강을 건너간 눈사람이 저
쪽 숲에서 부엉이가 되었다 심장만 살아 눈사람의 유전자
를 기억하며 파르르 떤다 슬픔의 숲에서 만나는 울음들의
친구가 되었다 밤마다 이쪽 도시에 출몰하여 손톱 부스러
기를 쪼아 먹는다 엄마 저는 죽지 않았어요 고통은 수치
가 아니잖아요

지니야, 지니야
—마녀 일기 5

허공에서 검은 팔이 불쑥 두 다리를 당긴다
다리가 허리에게 그 소식을 전하기도 전에
허리는 급히 온 정신을 깨운다
신경 하나하나가 곤두서서
통증의 풍문을 온전히 발산해야
요술 램프에서 지니를 불러낼 수 있다니!

주인님은 새 양탄자에 새 문장을 태우고
어둠 밖으로 나가게 될 거예요

통증의 풍문을 먹고 자란 문장들
어느 날 외톨이가 되어
수선을 기다리는 출근복처럼
한구석이 너덜너덜 낡아 가고 있다니!

낡은 거울을 꺼내 닦았더니
부리가 없는 새가 앉아 있다
어떤 악보를 양탄자에 태우려고
밤새 헤매다가 부리가 부러졌구나

세상에는 답이 없는 질문들을
먹이로 물어 오는 새도 있다

몸을 엎드려 허리에 주사를 맞는다
부리가 작은 새가 옆구리로 새어 나와
어디로 날아갈지 잠시 영혼을 흔들어 본다

주인님은 통점을 타고
검은 대륙을 이제 막 통과하고 있어요

피어나다
—마녀 일기 6

구겨져 아무 데나 버려지자
오물을 너그러이 이해하자
다른 것들과 두루 섞이자

섞이다 보면 만나는
세계
펄프의 근원에 닿자
보르네오섬 벌목공의 땀에 이르자

애인들이 애인들에게 버려질 때
눈물을 닦아 준 나는
깊은 정적으로 몸을 적시자

천사들이 세상에서 떠나갈 때
젖은 두 눈을 닦아 준 나는
아무 데나 고요히 쓰러지자

벌목공은 보스에게 버려지고
천사는 신에게 버려지고
난민은 이웃에게 버려지고

돌고 돌아 내게로 온다
모든 버려진 것들은 내게로 온다
억만 개의 손이 생겨난다

홀림
—마녀 일기 7

그네에 앉았는데 한 여자, 같이 앉는다
시소로 옮겨 가니, 따라온다
미끄럼틀로 옮겨 타니, 옮겨 탄다

시간을 접었다가 굽이굽이 펴면
그 여자, 웃음을 피우며 더 젊어진다
공간을 말았다가 조금씩 펴면
그 여자, 아지랑이처럼 가벼워진다

천년 기억처럼 펄럭인다, 그 여자
나를 아는 듯 모르는 듯 구름을 가로질러
백만 년을 죽지 않고 살아나
놀이터 화단의 꽃들 위로

그 여자, 날아가는 곳
꿈을 접었다 펴는 곳
목마른 말들이 촉수에 빨려드는 곳

홀림이야
부풀어 오르는 홀림이야

나는 여자에게 손을 뻗는다

여기가 어디지? 내가 왜 여기 있지?
여기도 풍문이 맛있을까?
나는 구름 위에서 배가 불렀어

그 여자, 토끼처럼 입을 달싹인다
꼭꼭 씹어라 계절이 남을라
꼭꼭 씹어라 악몽이 남을라

여자가 내 안으로 쏙 들어온다

나부끼는 안녕
—마녀 일기 8

 안녕하세요 나는 안녕하려고 노력 중입니다 사실 안녕
하지는 않습니다 안녕하다고 말하고 싶지만요 세상의 온
갖 루머들을 해독하느라 나의 안녕은 점점 시들고 있습
니다

 안녕하라고요? 금방 허물어지는 기억들같이 허공에서
힘겹게 나부끼는 안녕을 한 움큼 잡았더니 나는 조금 안녕
해지는 듯도 합니다 구름 위에 집이 생겨납니다

 이제 당신의 안녕을 조종합니다 마법은 가장 짧은 문
장으로 안녕을 만드는 수사학이죠 나는 어느새 루머 속으
로 날아갑니다 그믐달을 비껴가는 빗자루 끝에 물음표가
따라옵니다

 하늘에는 물고기자리 사자자리 옆에 처녀자리가 새로
생겨납니다 그믐날 당신이 나의 별자리를 달고 태어날 때
나는 당신 안에서 새로운 언어를 퍼뜨립니다

 쩍쩍 갈라지던 엄지손톱이 당신의 문장을 먹고 점점 매
끈해지고 있습니다 그리하여 나는 곧 팔랑팔랑 안녕할 것

같습니다

제3부

질투의 메커니즘

　8월의 도로에 한 남자가 서 있다 길가의 칸나는 유혹의 방점이고 붉은 입술 남자는 나의 애인이라고 하자 나의 가슴은 온통 붉어진다 순간 남자는 칸나의 빛나는 붉은 입술에 키스한다 아, 칸나를 사랑한 나의 남자는 칸나에 빨려 들어간다 나보다 더 매력적인 대상이 나의 남자를 유혹했다라고 생각하고 나서 나는 갑자기 차가운 캔 맥주를 찾는다 오늘의 안주는 거꾸로 매달린 시간일까 불러 세워진 기억일까 나의 선택과 상관없이 나는 이미 질투를 맛보고 있다 목을 타고 내려가는 중독성 청량한 관념 그것은 붉은 입술의 칸나와 겨루는 우아한 맛 이제 칸나와 나의 대립만 남았다 나는 남자를 사랑하고 남자는 칸나에게 유혹당했다 그러나 나는 칸나보다 더 유혹적인 입술을 가질 수 없다는 생각은 나를 도로 화단 앞에서 고문한다 칸나의 입술들이 한꺼번에 와르르 달려들어 살갗을 붉게 태우는 한낮, 질투는 기억에 취해서 붉게 온다 나는 붉은 입술 남자를 기어코 생각한다 이별의 값을 이런 식으로 치른다 칸나를 사랑한 나의 남자가 8월마다 떠나간다 칸나, 이제 나마저 눈독 들이고 있다 기억을 계속 파먹는 식충식물

타종(打鐘)

내게 총이 생겼다
탕, 한 방을 쏘면
당신과 나는 십 분 간은 인연

당신은 안드로메다은하에 사는 왕자처럼
유리관에 누워 있어라 나의 메시지를 기다리며

나는 부지런히 생각할 것이다
십 분을 울어 당신을 깨울 것인지
십 분을 깨어 당신을 죽일 것인지

당신은 맛보고 싶은 부위가 많아
십 년을 더 유예하기로 하지

사람이 벗어 놓은 허물과
인연이 남겨 놓은 가시들을
모두 맛보기엔 십 년은 너무 짧아

당신을 버릴수록 내 안의 내가 비어
나는 울림이 커진다

나의 목소리가 백 년을 살아 내니
나는 블랙홀처럼 깊어져
이제 당신이 천 년 동안 나를 기다릴 차례

나는 매달 당신에게 총을 쏘고
당신은 악몽을 헤매다가
나의 총알에 박힌다

파란 장미

　사람들은 나를 사하라라 부르고 아라비아라 부르고 고비라 부르고 파타고니아라 부르고 그레이트빅토리아라 부르고 타르라 부르고 칼라하리라 부르고 타클라마칸이라 부르고 그레이트샌디라 부르고 아타카마라 부르고 카라쿰이라 부르고 모하비라 부르고 여우의 엄마라 부르고 낙타를 어서 내보이라 소리친다

　전갈의 독을 가지고 가끔 일어난다

즐거운 오렌지가 되는 법

즐거운이라는 단어에 힘을 주고 오렌지라는 단어에 힘을 뺀다 쪼그라든 혹은 비틀린 연애가 된다

즐거운이라는 단어를 파먹다가 오렌라는 단어를 내뱉는다 남겨진 혹은 떠나간 연인이 된다

즐거운이라는 단어를 버리고 오렌지라는 단어를 먼저 먹는다 실체 없는 혹은 맹목적인 사랑이 된다

즐거운이라는 단어를 숨기고 오렌지라는 단어도 숨긴다 누가 오렌지를 엿볼까 훔쳐 갈까 종일 일을 설치고 있다

즐거운이라는 단어를 길게 잡아 늘이고 오렌라는 단어도 길게 잡아 늘인다 외줄 같은 혹은 엿 같은 기억이 된다

펜대를 굴리며 머리를 박고 즐거운을 파먹다가 버리다가 숨기다가 늘이다가 오렌지를 내뱉다가 먹다가 숨기다가 늘이다가 우울한 핫도그를 먹는다

질문들

월세방엔 많은 질문들이 쏟아져요 맹그로브 나무가 축축한 방바닥에 쓰러지고 발이 잘린 그림자가 침대를 지배해요 밤마다 바람이 분 건 아니에요 낮마다 태양이 부끄러운 것도 아니에요 질문들 때문이에요

기억을 위한 의자가 수십 개 놓여요 질문과 질문과 질문 속, 어둠은 빛보다 먼저 존재하고 더 오래 머물러요 뉴턴이 사과와 지구 사이에서 잠시 등이 필요했듯 의자들은 나무와 그림자와 어둠을 받치느라 밤새 등이 아파요 건조하게 자라나는 질문들 때문이에요

봄이라고 말하는 사람들이 입술을 동그랗게 내밀고 창밖을 지나가요 그들도 시간에게 월세를 사는 나의 겸손한 척하는 이웃들이에요 이웃들은 모두 같은 월세를 계약하고 모두 다른 월세를 내는 데 익숙해요 아직 몇 달 치 월세가 밀려 있어요 궁색한 답변을 찾으며 시간의 눈치를 보고 있어요 뾰족해지다 찢어지는 질문들 때문이에요

이제 아침이에요 빛이 질문들을 몰아내요 맹그로브 해안에 떠밀려 온 나무가 순식간에 뿌리를 내려요 두 발이

생겨난 그림자가 벌떡 일어나요 월요일 아침 방향으로 바삐 걸어가요 등에 단단히 붙어사는 시간 때문이에요 앞만 보고 달려가요 이웃들처럼 바삐 출근을 서두르고 있어요

당신도 그런가요?

비상구

    비상구엔 많은 대답들이 쏟아져요 배고픈 생쥐들이 계단 위를 배회하고 목이 없는 꽃병들이 바닥에서 부서져요 밤마다 가난한 소음만 들린 건 아니에요 낮마다 닫힌 귀가 열린 것도 아니에요 짧아지는 대답들 때문이에요

    기억을 위한 계단이 수십 개 놓여요 대답과 대답과 대답 속, 가난은 소문보다 먼저 존재하고 더 오래 머물러요 나무가 태양과 땅 사이에서 바람을 필요로 하듯 계단들은 고장 난 의자와 책상들을 지키며 바람에게 소문을 들어요 부서져 내리는 대답들 때문이에요

    사람들이 자신만의 계단을 찾으며 창밖을 지나가요 그들은 그들의 계단을 위해 바람에게 소문을 듣는 성실한 이웃들이에요 그들은 모두 같은 계단으로 동네를 다니지만 사실 모두 다른 비상구를 만들어요 부지런히 바람에게 귀를 맡겨 통장 잔고를 확인해요 여기저기 박히는 대답들 때문이에요

    이제 일어날 시간이에요 생쥐들이 벽 속으로 우르르 숨어들고 목이 긴 꽃병 속 꽃들이 화들짝 피어나요 예정된

출근복을 입고 비상구 방향으로 걸어가요 오늘도 비상구
표시등은 꿈속의 내일처럼 밝네요 평범한 대답이란 고단
한 꿈을 담보로 하잖아요

　당신도 안녕 쪽으로 걸어가는 중인가요?

키스

네가 떠나가던 날
나는 입술의 중심을 잃었다

입술은 꿈의 내부와 외부를 구별하지 않고
눈 알갱이처럼 부서졌다

입술에 비보가 닿았다
얼음 조각들이 중심을 찌르자
가장자리만 남았다

나는 얼마나 긴 기도를 해야
끝이 보이지 않는
살의 회랑을 지나갈까

금색 테두리 접시 위에
달콤한 초코케이크가 봉긋이 놓인
순간을 꿈꾸며
내 입술에 네 입술을 두고

달콤해

꿈 밖의 미각에 홀려
꿈 안에서 중심을 잃는
현혹(眩惑)

입술의 중심을 기다리는 것이
얼마나 슬픈 일인지
아무도 가르쳐 주지 않았다

점점 길어져서 이제
구부러지는 문장들

J를 위해 달빛 한 판도 주문해 주지 못했다

고양이가 새끼 둘을 데리고 들어가는
비 오는 골목

고양이의 어깨가 감추어져 골목이 더 어둡다
고양이는 골목 벽에 붙어 어두운 곳으로
세상의 문을 닫는 신이 있는 곳으로
발소리를 숨기며 슬금슬금 걷는다

남들이 먹다 남긴 희망이
덩그러니 기다리고 있는 곳으로

등짝에 중력을 덕지덕지 매달고
어깨를 감추고 휘청이며 걷는다

고양이처럼 어둠 속에서
갈라지는 손톱을 감추는 그녀

온몸에 사채를 주렁주렁 매달고
싱글 맘의 다리를 휘청이며

어둠 속 유령이라도 잡아먹고
어떤 사내라도 붙들고
벌러덩 다리를 벌리고 싶어
아무렇게나 걷는다

어깨를 감추는 것들은
다 무겁다

태풍

   손가락이 운다 손목이 따라 운다 우는 줄기를 따라 꽃잎이 쓰러지며 운다 우는 것들은 주위를 달래며 운다 감염된 것들은 감염된 줄 모르고 운다 우는 것들은 왜 울음을 선택했을까 세상에 남은 모든 접속사들이 우는 사물들을 따라 운다

   바다가 울자 단어가 따라 운다 하늘이 울자 문장도 따라 운다 우는 TV를 달래려고 했더니 플라스틱에 파묻힌 지구가 펑펑 운다 고래도 울고 새끼 상어도 울고 해파리도 울고 모든 관형사들도 운다 울음의 세상에서는 창문을 조금도 열 수가 없다

   별들조차 얼굴을 묻고 우는 밤, 당신과 내가 백 년 전에 이별할 때처럼 울음은 울음을 부른다 새가 울고 벌레가 울고 당신이 울더니 백 년 전의 내 두 손이 울고 바람이 울고 치마가 따라 운다

   마을들이 따라 운다 집들이 물에 떠가며 운다 붕어 입처럼 지붕을 세상 밖으로 내밀고 운다 지상의 영역을 구분하지 못하는 사람들은 지붕 위에서 손을 흔들며 운다 가축들

은 우는 하늘을 따라 울고 새들은 우는 허공을 따라 운다
식물들도 뿌리를 들썩이며 운다 울음이 더 필요한 사람들
은 멜로드라마에 채널을 고정시키고 운다

　하현달이 구름 뒤에 숨은 이유는 자신의 살을 깎아 먹
는 울음을 지상에 전파했기 때문이라는 소문이 나돌았다
손가락이 향하는 모든 곳이 울음으로 전염되는 밤, 나는
달을 찾던 손가락을 비로소 거두었다 백 년 후의 당신이
벌써 등 돌리며 운다

죄악

우주의 미아처럼

미동이 없는 생물체

시간은 누가 훔쳐 숨긴 걸까

날개 없는 나비

밤 이후 세상은 어둠

낮 이후 세상도 어둠

나비는 촉수조차 잃었다

얘, 그만 눈 좀 떠 봐!

꽃 같은

한때 지구를 말아 올렸던 주름

태양이 없으니 나비의 그림자가 없다

이곳은 20광년을 지나 도착한 행성

지구에서 배운 언어를 잊는 데 성공한 듯

얘, 주름이 어디 있니?

중환자실, 새로운 외계어를 배우는 곳

푸른 늑대

계단이 팔을 뻗는다
계단의 팔을 피해 층계를 오른다
계단이 발을 뻗는다
계단의 발을 피해 층계를 오른다
계단이 몸을 비튼다
계단의 몸을 피해 층계를 오른다
계단이 우우 운다
귀를 막고 층계를 오른다
계단이 숨을 헐떡인다
거친 숨을 쉬며 층계를 오른다
계단이 질문한다
나를 사랑하고 싶니?
못 들은 척 층계를 오른다
계단이 고백한다
나는 나를 버리고 싶어
못 들은 척 층계를 오른다
계단이 깔깔깔 웃는다
악사(樂士)처럼 웃는다
계단은 나를 번쩍 들어 꼭대기에 올려놓는다
계단을 느끼기 시작한다

토템이 주술보다 먼저 와 있는 계절도 있다

꽃의 사체

가장 낮은 자세로 살다가 눈을 감든
가장 높은 자세로 살다가 눈을 감든
사체가 되어
가장 숙연해지는 순간 올 줄 알았다
아름답다는 혹은
화려하다는 찬사
다 필요 없을 줄 알았다
내 이름 거룩하게 할 아무것도 남아 있지 않아
사랑이든 미움이든
한 조각 풍문이 될 줄 알았다
많은 주문들을 주워들은 허공이
그래도 그립다
풍장을 해 달라
바람의 소리를 듣고 싶다
짐승의 발자국을 온몸으로 받으며
지구에게 유언을 남길 때
한 조각 쓸모 있는 말이 생겨
흙에 닿고 싶다

기억들에게 할퀸 문장들

촛대에 이는 바람 한 조각

모든 이유

바람이 하는 얘기를 듣느라
빨간 자전거가 바쁜 풍경이 있다
사람들은 그런 풍경을 고물상이라 부른다

바람의 입이 얼지 않는 건 햇살 때문일까
자전거의 귀가 살아 있는 건 바람 때문일까
햇살과 바람은 어떤 마음의 이유이다

당신의 이유가 나일지도 모른다는 생각에
나는 오늘 문장 몇 개를 접어서
바람과 햇살에게 준다

자전거는
그 자리를 묵묵히 지키다가
고물상 주인의 이유가 된다

바퀴가 빠지고 체인이 분리되어 용광로로 가면
불의 이유가 될 것이고
길가 구석에 하릴없이 뒹굴면
야생화나 들풀의 이유가 될 것이다

당신, 기억의 창고에서 언제까지
내 문장을 받아먹을까
이유가 있는 모든 것들이
이유가 없는 것이 되는 것처럼
내 질문에도 이유가 없겠지만

이유를 만들기 위해 나는 시간을 거슬러 자전거를 탄다

허기

장자를 먹었다
맛이 검었다

먹물 같은 장자를 조금씩 하루 종일 먹어 댔다
맹자나 노자보다 더 검은 맛
입술에 말들이 검게 물들고
목구멍으로 가슴으로 배 속으로 말들이 검게 물들고

흘러드는 빗물이 창문을 넘어
꿈으로 바닥으로 벽으로 말들이 검게 물들고
꿈속이 젖어서

말들이 울타리를 건너온다
빗물을 타고 허공을 열고
가슴을 풀어헤치고
장자의 아이를 가져 볼까

꿈속을 출렁이는 나비는
말을 고르고 있는 거야

모두가 다 버리는 말들에
촉수를 박고
적막의 말들을 뿌리고
자궁에 말의 생명을 키우는 거야

가난한 입술을 반짝이며
새벽이 오도록 장자를 빨아먹었다
온 영혼이 검게 물들었다

검은 아이가 자궁을 뚫고 나올지도 몰라
천천히 다리를 벌리고 누웠다

식물성

어쩌니 당신은 아직도 나를 모르고

작은 단어 틔울 때 연신 자궁에 힘을 주다가
방금 낯선 문장을 쌌다
문장 푸를 때까지 모든 계절 눈치 보다가
거대한 산통이 우르르 파도로 몰려와

여기는 당신을 밀어낼 수 없는 화분 속
당신은 말을 하고 나는 듣지
경청은 나의 운명
내가 귀를 열 때 당신이 걸어 들어와
내가 입을 닫고 당신이 앉거나 눕는 소파에서
당신은 생각난 듯 가끔 나를 칭송하지

내가 할퀴지 않아서 지구가 안전하다고
내가 반항하지 않아서 지구가 평온하다고
내가 무섭지 않아서 지구가 고요하다고

어쩌니 우리는 아직도 우리를 모르고

어린 새끼들을 할퀴며 손톱을 물어뜯고
어미에게 반항하며 발톱을 세우고
벌레들에게 악문으로 저항하다
방금 또 낯선 문장을 피똥으로 쌌어

검은 그림자는 왜 계속 검은 그림자일까

오후 두 시에서 다섯 시 사이
자궁이 하혈하는 소리

어쩌니 지구는 아직도 지구를 모르고

제4부

불면의 배후

왼손에 장미를 든 여자와
오른손에 망치를 든 여자가
만나는 새벽

문장은 문장끼리 모여서 고독하다
기억을 쪼아 먹는 새는
마지막 문장 안에서 파닥인다

장미를 파먹은 새 한 마리
허공에서 자꾸 미끄러진다

혼밥 파티

당신을 앉히기 좋은 의자 옆에
하루를 걸어 약속하기 좋은 식탁 옆에
시든 꽃을 체념한 꽃병 옆에

당신은 나의 숙주, 이제 준비되었어
당신은 조그만 변명이다가 커다란 침묵이다가
달콤하게 녹는 문장
사랑해는 먹어도 먹어도 배부르지 않아
사랑을 먹기 위해 포크를 들어 볼까

나는 금이 간 액자처럼 앉는다
식탁 옆 사물들이
숨겨 두었던 귀를 활짝 연다

당신은 마법의 숟가락을 들고
기억을 불러내어 동그라미를 그린다
사랑해, 사랑해

동그라미 위에 동그라미
접시 위에 쌓이는 동그라미

당신의 모든 문장이 맛있다

사라지고 싶은 것들

피아노가 있던 자리에
햇빛이 이사 왔다
햇빛은 꿈속에 사는 소문인데
어느 구멍으로 흐른 것일까

의자가 있던 자리에
그림자가 남았다
그림자는 기억 속에 사는 유령인데
어느 벽을 허문 것일까

피아노가 있던 자리에
소문이 무성하다
피아노가 중고로 팔렸다고 하고
애인이 떠나자 주인이 버렸다고 하고

피아노와 의자가 사라진 건
애인의 실종과 관련 깊어서
모두 주인의 애인되기를 갈망한다
사물들은 조용히 사라지고 싶은 것이다

서랍장이 햇빛을 몰아내고
탁자가 그림자를 몰아내고
새로운 구석과 중심이 되어 간다

사라지고 싶은 것들은
낯선 토요일에 한쪽 발을 담그고
미련과 슬픔을 두고 가지 않는
예의의 절차를 모색하고 있다

인플루엔자

적당한 거리에 대해 아무도 정의할 수 없다

나와 당신이 건널목에서
비 오는 거리를 사이에 두고
비에 젖은 우산을 사이에 두고
할 말을 찾으며 마주 서서
푸른 신호등처럼 갑자기 터지는
적당한 인사말이 성공하기 전까지는

잘 지냈어요? 북극은 아직 겨울인가요?
북극에 당신 편지가 도착하지 않았어요

우리는 떠나간 말들을 주워 올릴 도구가 없어서
우산을 열심히 들고 있다

당신은 북극에 간 적이 없고
나는 당신에게 편지를 보낸 적 없지만
서로의 위치에서 서로의 기억을 재기로 한다

북극의 날씨는 어때요?

백야는 우리만큼 가깝고 멀어요

당신이 도로를 건너오면
나는 도로를 건너지 않을 것이고
내가 도로를 건너가면
당신은 좁은 골목으로 들어가 버릴 것이다

서로에게 적당한 거리를 두기 위해
북극에는 느린 우체부가 항상 대기 중이다

망토를 버리지 않는 이유

햇살에 슬픔을 말리며 날아간다
머나먼 카리브해로 날아간다
깊은 잠 속을 빠져나와
천만 개의 질문을 매달고 날아간다
백만 개의 대답을 매달고 날아간다
당신은 기다리시라 내가 간다
당신의 서술어가 간다
나는 깨어난다 일어난다 날아간다
세상 말씀이 지겨운 귀를 자르며 날아간다
길어지는 코를 남몰래 자르며 날아간다
구름을 빵처럼 뜯어먹으며 날아간다
거짓 풍문을 지우며 날아간다
우물 같은 속울음 뿌리며 날아간다
잘려도 다시 자라나는 기억들을 떨구며 날아간다
무덤들과 죽은 자들을 버리고 날아간다
배고픈 새들의 울음 따라 날아간다
죽은 태양을 등지고 날아간다
당신은 낚싯대 드리우고 기다리시라
당신 옆에 내려 낯선 문장들을 뿌리리라
사천칠백 일 동안 잠자던 날개가 푸드덕거린다

바닥으로 자꾸 떨어진다

네오리얼리즘

사실은
내게 총이 없어서 절망의 눈을 쏘지 못하고
내게 총이 없어서 태양의 유혹에 눈을 감고
내게 총이 없어서 밤의 독침에 벌벌 떨고
내게 총이 없어서 천둥과 벼락 위에 낙서를 못 하고
내게 총이 없어서 쓸모없는 문장들을 동굴 속에 키우고
내게 총이 없어서 말들이 말들을 죽였다 외치지 못하고
내게 총이 없어서 기억의 집에 노크하기를 두려워하고
내게 총이 없어서 주술의 언어들을 신으로 모시고
내게 총이 없어서 슬픔과 적당히 흘레붙고
내게 총이 없어서 거울에 비친 시간을 할퀴고
내게 총이 없어서 배신의 산에서 내려오지 못하고
내게 총이 없어서 불면의 숲에서 자주 길을 잃고
내게 총이 없어서 수취인 불명의 우울을 배달 받고
내게 총이 없어서 헛된 질문과 텅 빈 대답을 키우고
내게 총이 없어서 세상의 연인들을 저주하지 못하고
내게 총이 없어서 짧은 죽음의 찬가도 못 부르고
내게 총이 없어서 기쁨을 매일 장전할 줄 모르고

내게 총이 없어서 당신을 아직 죽이지 못했다

당신이라면 이제 내게 총을 주어야지

사랑이었다면

.

해바라기

너의 문장들이 졸린 눈동자에 말을 건다

조용하고 끈질기게 나를 읽어 댄다

너의 눈빛을 쫓는 체온을 읽어 댄다

낡은 관념들을 펼치고

적막한 들판에 나를 우두커니 세우고

읽기 힘든 설익은 기억은 바닥으로 톡톡 떨궈 낸다

내가 읽고 있는 것이 너의 어제라는 것을

네가 읽고 있는 것이 나의 내일이라는 것을

나는 모든 인과를 버리고 다다르는 색, 속까지 까맣게
탔다

어제를 버릴 때 더 집착하는 색

결국 슬픔조차 버리는 건조한 그림 한 장

너를 읽고 또 읽고 읽다 커지고 읽다 작아지는 색

네가 붉고 뜨겁게 다녀갔다 너를 다 읽고 나서

나는 이제 시퍼런 원시를 버린다

너에게 이유를 물었던 고단한 여행

태양을 다 버리는 내일이 온다

네가 나의 노랑을 기억하지 못할지도 모르겠다

미스 미스터 임파서블

너는 바다를 말하고 나는 바이올린을 듣는다 나는 나무
를 말하고 너는 피아노를 듣는다 너는 미래를 말하고 나
는 과거를 듣는다 나는 사물을 말하고 너는 허공을 듣는
다 그사이 첫 번째 접시가 비워진다

미끄러지는 과거와 미래 사이 토끼가 울타리를 벗어나
고 어미 개가 새끼를 다섯 마리나 낳았다 흐르는 달빛과
강물 사이 너의 아이가 전교 1등을 하고 나의 소녀가 방
문을 걸어 잠갔다 그사이 두 번째 맥주병이 테이블 위로
올라온다

토끼 대신 아내가 집으로 돌아오고 강아지들이 이웃에
게 분양되었다 타원형 얼굴이 말하고 각진 얼굴이 듣는
다 각진 얼굴은 진급을 해서 급여가 오르고 타원형 얼굴
은 암막 커튼을 치고 시를 썼다 아빠가 되어 본 적이 있는
미래가 말하고 소녀가 되어 본 적이 있는 과거가 듣는다

그사이 세 번째 접시가 우아하게 물러나고 냅킨이 공손
하게 우리의 입술을 닦는다 사물들이 귀를 열고 우리를 잘
들어서 너의 아이가 도피 유학을 가고 나의 소녀가 백일장

에서 상을 받았다 아이들이 제자리에서 훌쩍 자라는 사이 다섯 번째 맥주병이 테이블 위로 올라온다

우리는 아무 사물에나 대고 안주를 더 달라고 말하고 사물들은 우리의 눈치를 보며 허둥댄다 네게는 그런 아내가 없고 내게는 그런 소녀가 없다는 걸 사물들이 눈치챘는지 모른다 모든 사물들은 너와 나를 모짜르트처럼 들었다가 베에토벤처럼 떠벌린다

어느새 우리는 바다와 나무를 함께 듣는다 토끼와 강아지가 잠시 잠든 사이 카페 창문 밖에는 눈빛이 붉은 달이 휘영청 우리를 주시하고 사물들은 곧 입을 열어 우리의 현재를 소문낼 준비가 되어 있다 너의 아내가 해장국을 끓여 너를 부르고 나의 소녀가 밤새 시 한 편을 완성했다 그사이 여섯 번째 맥주병이 테이블 위로 올라온다

우리는 서로에게 손톱의 안부를 묻지 않고 헤어지는 법을 알고 있다

초대장

어차피 당신은 받지 않을 것이고
어차피 당신은 읽지 않을 것이고
어차피 당신은 오지 않을 것이고
어차피 당신은 내 안에서 잠들지 않을 것이고
밤이면 깨어나 이 문장에서 저 문장으로 왔다 갔다 할
것이고
문장들을 계속 괴롭힐 것이고
문장들에게 침묵을 강요할 것이고
문장들에게 질문을 강제할 것이고
어차피 당신은 당신 문장들을 방목할 것인데

왜

나의 문장들만 살해당하고 있을까?

연습

어느 날 고양이는 집을 나가고 대신 나비가 날아들어
왔다
슬리퍼 한 짝이 사라지고 대신 짝 잃은 양말이 생겼다
네가 떠나가고 아무것도 오지 않았다
내가 녹으면 대신 무엇이 올까

얼룩진
빈방처럼

내가 너를
내 안에서 맞닥뜨릴 때
눈사람을 수백 번 버린다

아직 울지 않던 눈사람이
수천 번 녹는다

사랑이 녹는 곳에서 봄이 온다면
나는 속눈썹을 심어서 눈을 보호해야지
눈물을 필통에 가득 채워 버리기를 반복해야지

춤의 바다

허리가 갑자기 마비되던 날, 오늘을 전복했다
앰뷸런스에 실려 가며 벌떡 일어나 북극행 썰매에 올
랐다
응급실에서 진통 주사를 맞으며 애인과 키스를 나눴고
엑스레이를 찍으며 눈보라 속을 헤맸다
바다에 몸을 던져 눈썹을 버리는 보름달처럼
기억을 비워 전복 위에 누웠다
바다로 가자 아픈 그림자를 버리러 가자
시간을 움켜쥐거나 시간에 끌려다니다가
시간을 버리고 시간을 탈출한 자의 춤을 추자
타임머신 침대를 타고 북극에 도착했다
눈보라가 몰아쳤지만 오두막은 안전했다
북극점을 탐험한 피어리가 원주민 소녀와 침대를 덥히
는 그곳
나는 소녀를 질투하는 유령처럼 천천히 춤을 춘다
아직 이별의 고통을 몰라 밤은 황홀했다
전복된 오늘이 어제와 그제를 다 삼키고 무거워질 때
눈 폭풍 속에서 시간의 경계가 희미해졌다
오두막 안에는 석탄 난로 불꽃이 사그라들고
한밤이 되자 아픈 허리에서

천천히 백곰 하나가 걸어 나왔다

백곰은 입을 벌려 날카로운 천둥을 보여 주며

꿈속을 함부로 삼키려고 어슬렁거리고

꿈 밖으로 머리카락이 길어지는 소녀를 지키기 위해

나는 백곰을 노려보았다

그렇게 오랫동안 검은 머리 소녀가

덜컹이는 창문 너머 북극의 달빛을 경배하며

전복된 오늘을 버겁게 지켜 낼 때

춤은 통점에 맞춰 천천히 바다를 출렁였다

전복된 시간이 아주 느리게 갔다

통증을 뚫고 나오는

춤의 반란을 오래 바라보았다

하루 동안에 백 년 치만큼의 손톱이 자랐다

밀애(蜜愛)

오렌지는 동그란 달
오렌지는 밤을 달려서 온
오렌지는 유혹의 향기를 지닌
오렌지는 왈츠처럼 신나는
오렌지는 무게 잡지 않는
오렌지는 훔칠 수 있는
오렌지는 꿈길을 달려오는
오렌지는 슬픔을 버리는
오렌지는 졸면서 깨어 있는
오렌지는 속눈썹을 가늘게 떠는
오렌지는 속살이 부드러운
오렌지는 어둠을 펑펑 살려 내는
오렌지는 밤에 쑥쑥 자라는
오렌지는 바보같이 웃는
오렌지는 밤을 새워 우는
오렌지는 주머니에 쏙 들어가는
오렌지는 그러나 먼 길을 동경하는
오렌지는 귀가 쫑긋 열려 있는
오렌지는 돌아오는 길을 잃은
오렌지는 너무 멀리 굴러간

슬픈 달

오렌지가 욕조에 뜨고 있다

겨울나무

겨울엔 발이 푹푹 빠지는 꿈을 꿉니다

(내가 아직 살아 있다는 뜻이에요)

추위가 온통 감옥인 들판에
푹푹 발자국 찍고
가난한 연인을 구출합니다

(당신이 내 안으로 들어와요)

독재자의 외투와 털모자를 벗겨 옵니다
로힝야족 난민에게 꿈을 빌려 줍니다

(밤을 온통 초록색으로 칠했어요)

밤을 지키는 달의 임무는
그림자로 내 발자국을 덮는 일
고단한 것들은 입조차 얼었습니다

(문장들이 초록을 뜯어먹고 자라나요)

어둠은 밤이 쓴 격려사
외딴 별처럼 난해합니다

(초록은 꿈의 껍질 색이에요)

어둠을 읽어 내는 일은
언 땅 위에 발자국 찍는 일
밤의 역사는 좌표를 잃은 지 오래입니다

(문장들이 밤새 알을 품고 있어요)

내가 걸으면 달도 바빠집니다
나는 개선장군처럼 밤을 휘저어
우듬지가 산덩이만 해졌습니다

(꿈에도 척추가 생겨나요)

나의 발은 지구를 사랑하느라 깊어집니다

(오늘 당신을 다 가졌습니다)

만유인력

밤새 끌려가는 나를 봤다
네 말에 끌려
사막을 지나
손목과 발목을 묶인 채로
나는 끌려가고 있었다

네가 두고 간 말이
가슴속에서 살다가
지금쯤 굶어 죽었을 법도 한데

송곳들이 모여 우는 곳으로
나선형을 그리며

장미가 붉다 지쳐 소리 없이 떨어진다
바닥으로 떨어지는 문장들이 구둣발에 밟힐 때
어떤 문장들은 붉은 꽃잎

우리는 아직 다 피어나지 못한 꽃잎들

마법의 실존과 문장의 자의식

유성호(문학평론가)

1. 낯설고 설레는 환상의 언어

강순의 두 번째 시집『즐거운 오렌지가 되는 법』은 내밀한 언어와 매혹적인 사유가 결합한 우리 시대의 드문 감각적 화폭이다. 1998년에『현대문학』으로 등단하여 20년 전에 첫 시집『이십 대에는 각시붕어가 산다』(다층, 2000)를 상재했던 그녀가 실로 오랜만에 들려주는 목소리는 퍽 새롭고 깊고 다채롭다. 이번 시집에서 유난히 다양하게 반복적으로 변주되는 중심 이미지는 '문장'과 '날개'인데, 가령 시인은 자신의 '말(언어, 문장)'이 산뜻하게 날아가 누군가에게 가닿기를 열망하기도 하고, '날개'를 잃어버린 문장을 통해 대상과의 좁힐 수 없는 실존적 거리를 노래하기도 한다. 촘촘한 경험적 진정성을 품은 채 이곳저곳에 숨어 있는 그의 다양한 슬프고도 역동적인 '문장'들은 그렇게 '시인 강순'의 예술적 자의식을 선명하게 나타내 준다. "낯설고 설레는 옷을 입은/이번 생의 마법/손톱이 자라 환상까지 닿아/미지의 문장들이/당신에게 가고 있다"(「시인의 말」)라고 시인 스스로 말했듯이, 이번 시집은 '시인 강순'이 '당신'을 향해 건네는 "생의 마법"이자 전신(全身)의 고백록인 셈이다. 그 낯설고 설레는 환상의 언어 안쪽으로 한 걸음씩 들어가 보도록 하자.

2. 지극한 사랑과 울음에 감싸인 존재의 운명

이번 시집에서 강순 시인은 기본적으로 '고통의 미메시스'(아도르노)로 불릴 만한 시간을 선명하게 직조해 간다. 그녀는 순간순간 찾아오는 삶의 구체적 고통과 환멸을 아름다운 미학으로 일관되게 형식화해 간다. 내면에서 순간적으로 일고 무너지는 고통과 환멸의 떨림을 담아내면서, 어디 한곳에 머물지 못하고 자신으로부터 훌쩍 멀어져 간 시간을 하염없이 노래한다. 말하자면 고통과 환멸의 생을 고백하고 증언하고 간직하려는 감각적 내면의 시간이 그녀의 시에 깊이 각인되고 있는 것이다. 다음 작품을 먼저 읽어 보자.

길은 여러 개의 눈을 가졌다
거대하고 미세한 눈동자들이 사방에서 따라온다
죽은 자의 그림자를 끌고
골목을 돌아 시장을 거쳐 현관문 앞까지

길은 무덤을 빠져나와

눈을 부릅뜨고
꿈속을 가로질러 성큼성큼 다가온다

누워 있는 나뭇잎들은 나약해서
자꾸 몸을 뒤집는다
사팔눈을 한 소녀처럼

어떤 사랑은 길을 찾아가다 죽었어

길은 죽음을 흥정하는 곳
죽음을 데려다가 죽음을 키우다가
죽음의 주인에게 되파는 곳

얼굴 붉은 여자가 나뭇잎처럼 운다

　　　　　　　　　—「봄밤은 너무 꽉 차서」 전문

　'봄밤'을 충일하게 채우고 있는 '길'의 심상은 시인으로
하여금 "거대하고 미세한 눈동자들"이 여기저기 존재를 드
러내는 환각을 경험하게끔 해 준다. "죽은 자의 그림자"
를 끌고 오던 '길'의 눈동자들은 골목과 시장과 집 현관으
로, 혹은 무덤을 빠져나와 꿈속까지 가로질러 따라온다. 하
지만 "어떤 사랑"은 시인에게 바로 그 '길'이야말로 "죽음
을 데려다가 죽음을 키우다가/죽음의 주인에게 되파는 곳"
임을 선명하게 알려 준다. 그 순간, 연약한 나뭇잎처럼 울

던 "얼굴 붉은 여자"가 도드라지게 양각된다. 이때 '봄밤'을 꽉 채운 것은 과연 무엇일까? 시인은 왜 이처럼 '봄밤'의 충만한 그 무엇을 죽음과 끈질기게 연동시키고 있는 것일까? 그것은 오랜 삶의 과정에서 느꼈을, 내면에서 숱하게 일고 무너졌을 고통의 순간적 떨림이 시인에게 다가와 '죽음'이라는 필연적 소멸의 순간을 암시했기 때문일 것이다. 그래서 우리의 삶은 "죽음을 미리 소진하는 줄도 모르고"(「수박의 신음」) 살아가는 것이고, 시인은 비로소 "울음들을 버리고 돌아오는 길"(「분홍 드레스—마녀 일기 1」)에 이렇게 충만하게 서 있을 수 있었던 것이다. 고통과 환멸의 시간은 그렇게 '봄밤'의 충일한 그 무엇으로 몸을 바꾸면서 그녀의 목소리를 '사랑'의 '울음'으로 이끌어 간다. 다음은 어떠한가.

> 어느 날 고양이는 집을 나가고 대신 나비가 날아들어 왔다
> 슬리퍼 한 짝이 사라지고 대신 짝 잃은 양말이 생겼다
> 네가 떠나가고 아무것도 오지 않았다
> 내가 녹으면 대신 무엇이 올까
>
> 얼룩진
> 빈방처럼
>
> 내가 너를
> 내 안에서 맞닥뜨릴 때
> 눈사람을 수백 번 버린다

아직 울지 않던 눈사람이

수천 번 녹는다

사랑이 녹는 곳에서 봄이 온다면

나는 속눈썹을 심어서 눈을 보호해야지

눈물을 필통에 가득 채워 버리기를 반복해야지

　　　　　　　　　　　　　　　　　　　—「연습」 전문

'눈사람'은 곧 녹아 사라질 운명을 가진 존재자를 상징한
다. 시인이 경험한 것은 '고양이/슬리퍼 한 짝'의 사라짐과
'나비/짝 잃은 양말'의 생겨남이다. 하지만 떠나간 '너' 대신
에 생겨난 것은 없다. 마찬가지로 '나'의 사라짐 후에 올 것
은 "얼룩진/빈방" 같은 것이다. "내가 너를/내 안에서 맞닥
뜨릴 때" 수없이 버렸던 그 '눈사람'은 숱하게 울음을 참으
면서 "사랑이 녹는 곳"에 봄이 오면 눈물을 채우고 버리기
를 반복할 것이다. 여기서 '눈사람'은 울음이라는 끝없는 연
습을 통해 자신의 존재를 증명하는 연인이자 타인으로 몸
을 바꾼다. 또한 그것은 "당신을 버릴수록 내 안의 내가 비
어/나는 울림이 커진다"(「타종」)는 역설의 주인공이기도 하
다. "슬픔의 숲에서 만나는 울음들의 친구"(「눈사람—마녀 일기
4」)가 흘린 '눈물'은 그 자체로 "혼자 울던 문장들"(「곶감이라
는 이유」)처럼 '시인 강순'을 견고하게 만들어 갔을 것이다.
　이처럼 강순 시인은 불가피하게 사라져 갈 수밖에 없는

지상의 존재자를 향한 지극한 사랑과 울음을 담은 시를 써 간다. '죽음'이라는 소멸의 형식을 넘어 항구적 존재 방식 으로 자신의 삶을 이끌어 가는 순간적 전환을 희원한다. 사 실 모든 존재자는 소멸 직전의 순간 속에서만 자신의 순수 한 외관을 드러낸다. 그 점에서 사물의 영원성이란 불가능 한 것이고, 오히려 모든 사물은 사라짐으로써만 자신의 운 명이 부여받은 시간을 충실히 살아 낼 수 있을 뿐이다. 강 순의 시에 드러나는 사물은 이러한 시간의 운명에 대한 응 시에 의해 채택되고 배열되는 특성을 가지며, 한결같이 고 통과 울음의 환상을 통해 자신의 시적 육체를 구성해 간다. 이렇게 사물들이 환상 속에 놓일 때 드러나는 존재의 순수 성을 아름답게 그려 내는 강순 시의 미학은, 비록 그것이 '죽음'이라는 기표로 집약되는 소멸의 필연성을 품고 있다 하더라도, 지극한 '사랑'과 '울음'에 감싸인 존재의 운명을 채록해 가는 역설적 속성을 보여 준다. '고통의 미메시스'를 넘어 존재 자체를 감싸 안는 시인의 아름다운 품이 느껴지 는 대목이 아닐 수 없다.

3. 구체적 원형에 가닿는 재발견의 마법

그런가 하면 강순 시인은 독자적인 '거울' 이미지를 통 해 자신을 바라보고 성찰하는 예술적 기능을 심화시켜 간 다. 생동하는 기운이 사라져 간 폐허에서도 무량한 시간 속 에 펼쳐진 고단한 삶이 진하게 무르녹아 있음을 노래한다. 앞에서도 말했듯이, 모든 사물은 일정한 시공간 속에서 존재하다가 그 물리적 유한성으로 말미암아 사라져 간다. 그 어떤 사물이나 현상도 어떤 곳에 순간적으로 존재했던 것에 지나지 않는 것이다. 강순은 이렇게 소멸해 가는 사물들의 형식을 통해 유한한 삶에 웅크린 불모와 폐허의 기억을 톺아 올리고 있다. 이러한 원형적 기억들은 강순의 시학을 구성하는 둘도 없는 원질(原質)이 되어 좀 더 심화된 성찰적 형상으로 그녀의 시 안에서 펼쳐져 간다.

> 내가 당신에게 안착하느라 얼마나 힘들었는지
> 이제부턴 말하지 않겠습니다
> 오래전에 얼굴을 버렸는지
> 아침마다 얼굴을 몇 번이나 깼는지
> 새를 몇 마리 죽였는지
> 밤을 쨍그랑 깨고 출몰했는지
> 한낮에도 햇살에 놀라 울었는지
> 이제부턴 말하지 않겠습니다
>
> 나는 오직 미소만 키웠습니다
> 당신의 눈길을 기다리며
>
> 그러다가 백 년을 깨어 있어도
> 지구는 늘 허풍쟁이처럼
> 인내만을 강요한다는 걸 알았습니다

그래서 나를 돌보지 않았더니
아침마다 새들이 날아오르지 않더군요
껍질을 바닥으로 내버렸더니
떠나가는 새들의 뒷모습이
더 이상 보이지 않더군요

통증은 통증을 느껴야 통증입니다
나의 뼈가 비틀려도 단단한 근육이 잡아 주면
더 이상 통증이 아닙니다

나는 아무에게나 웃습니다

— 「거울의 통증」 전문

강순의 시에 늘 잔상처럼 어른거리는 '나'와 '너(당신)' 사이의 화법은 '나'의 열망과 '너'의 결여(잉여) 상황에서 비롯한다. '나'는 '당신'에게 안착하느라 많은 고통의 순간을 넘어왔고, 오래전 얼굴을 버리고 아침마다 얼굴을 깨어 버린 시간을 지나왔던 것이다. 하지만 이러한 고통과 유예의 시간에 대해 시인은 더 이상 말하지 않겠다고 선언한다. 시인으로서는 "당신의 눈길"을 기다리며 인내만을 배워 왔기 때문이다. 그렇게 '나'를 돌보지 않고 지내 온 세월은 아침마다 통증은 통증대로 선연하게 다가오는 순간을 시인에게 허락한다. '거울'은 '나'에게 너무도 선명하게 느껴지는 '통증'으로 다가온 것이다. 이처럼 "거울의 통증"은 "나의 가슴과 너의 심장이 만나는 것"(「Bed is bad」)이며, "표면에 닿으면 사그라질 듯/잠시 내게 얼굴을 보여 주는/기억"(「표면장력」)처럼 부상(浮上)과 침잠을 거듭하면서 시인의 삶을 각인해 가는 원형적 힘이 되어 준다. 말하자면 "기억들에게 할 퀸 문장들"(「꽃의 사체」)이 강순의 시인 셈이다.

　　내 안의 내가 나를 본다 내 뒤의 내가 앞의 나를 부른다
　　내 왼쪽의 내가 오른쪽의 나를 듣는다 내 앞의 내가 돌아서
　　서 뒤의 나에게 걸어간다 내 뒤의 내가 앞의 나에게 너는 늙
　　어 버렸구나라고 말한다

　　내 앞의 내가 뒤의 나에게 머리를 조아린다 내 오른쪽의
　　내가 내 왼쪽의 나에게 몸을 보여 준다 내 왼쪽의 내가 아이
　　스크림을 빨다가 당황한다 근육을 많이 키워야겠어라고 말
　　한다 내 오른쪽의 나를 지나 러닝머신으로 다가간다 내 앞
　　의 내가 미니스커트를 입은 뒤의 나를 응시한다

　　나는 세포분열하는 나들을 바라본다 나는 기억 위를 날
　　아가고 나는 배꼽 티셔츠를 입고 거울 앞에 서고 나는 거울
　　속의 나에게 입술을 내밀고 나는 허리를 꼿꼿이 세우며 뒤
　　태를 확인하고 나는 붉은 매니큐어를 바른 손톱을 나에게
　　보여 주고 나는 립스틱을 바른 입술을 삐끔거리고 나는 거
　　울 속을 또각또각 걸어 애인에게 걸어가고 나는 오후 세 시
　　의 그림자를 확인하며 커피를 마시는데

모든 나는 젊은 나를 바라본다 늙은 나는 젊은 나에게 꾸
벅 인사한다 내 왼쪽의 나와 내 오른쪽의 나도 모두 젊은 나
에게 인사한다 젊은 나는 내 뒤에서 모든 나들을 조종한다
기억 속에 마녀로 앉아 나 밖으로 나오지 않고 천 년 만 년
산다

—「권력」 전문

강순은 '나'를 둘러싸고 있는 수많은 자신의 분신들을 바
라본다. '나'와 '내 안의 나' 그리고 '내 뒤의 나' '내 앞의 나',
'내 왼쪽의 나', '내 오른쪽의 나'들이 서로의 인력(引力)으로
역동적 소통을 수행하고 있다. 서로 응시하고 말 건네고 듣
고 머리 조아리고 몸을 보여 준다. 그 과정에서 '나'는 세포
분열하는 '나들'을 바라보게 되는데, 결국 시인은 이 응시의
힘으로 거울 앞에 선다. 나아가 "거울 속의 나"에게 입술을
내민다. 결국 '나'는 거울 속을 걸어 '애인(당신)'에게 걸어간
다. 그렇게 '나'는 "모든 나들"을 조종하면서 많은 '나들'을
기억 속에 살아가게 하는 것이다. '나' 밖으로 나오지 않는
'마녀'의 형상으로 살아가면서 말이다. 무수한 '나들' 사이의
거리를 두고 시인은 이 무한하고 신비한 힘을 '권력'이라고
명명한다. 그 '마녀'의 '권력'이란 어떤 것인가? 그것을 합하
여 우리는 그녀의 시가 뿌리는 '마법'이라고 은유할 수 있을
것이다. 시인이 공들여 쓴 「마녀 일기」 연작을 읽어 보자.

구름이 엉덩이를 쏙 끌어당긴다 나는 이제 마녀답게 웃
는다 왜 웃느냐는 자문도 없이 구름 위에 앉아 구름을 뜯어
먹으며 웃는다 구름에 섞인 망각들이 맛있다고 웃는다

솜사탕 같은 가벼운 풍문들이 사방으로 날리는 계절, 즐
거운 냉소는 나의 입으로 들어가 그대의 항문으로 나온다
그대도 나처럼 지상에 안착하지 못했구나 허공에 주소를 새
로 내었구나 그대가 구름 속에 산다는 소문은 나의 기쁨

구름 방석을 깔고 산 지 오래되었다 풍덩풍덩 빠져서 절
대 빠져나오지 못하는 질퍽이는 그물망 위로 퍼지는 웃음소
리 더 외로운 자의 웃음소리

새들도 허공을 뜯어먹으며 허공에 알을 낳은 지 오래 길
잃은 문장들을 벌레처럼 잡아먹는다 날카로운 부리를 가졌
던 새들은 풍문에 배가 불러 귀먹고 눈멀고

바람은 계속 날리는 풍문을 낳고 그대와 나는 구름 과자
가 맛있다고 웃는다 열흘 동안 뜯다 만 문장들이 쌓여 간다
길고 날카로운 것들
                              —「웃음소리—마녀 일기 2」 전문

강순이 노래하는 '마녀'의 의미는 세상의 속악성과 평범
성에 저항하면서 늘 새롭고 환상적이고 도전적인 의미망을

생성해 내는 마법적 힘의 거소(居所)를 함축한다. 바로 그 마녀답게 웃음소리를 발하는 시인은 "구름에 섞인 망각들"이 "솜사탕 같은 가벼운 풍문들"로 날리는 때 세상이 쏟아내는 "즐거운 냉소"를 넘어 '그대'도 '나'와 함께 지상에 안착하지 못했다는 것을 위안한다. 하지만 '그대'가 구름 속에 산다는 소문이야말로 '나'의 기쁨이 아닐 것인가? 그렇게 구름 위에서 오래 살면서 내뿜는 "더 외로운 자의 웃음소리"는 "길 잃은 문장들"처럼 길고 날카롭게 쌓여만 간다. 이렇게 마녀가 써 가는 일기는 "마녀는 나무집에 살고/그 집 안에 심장이 살아 있다는 것"(「의자의 이데아 2」)과 "마법은 가장 짧은 문장으로 안녕을 만드는 수사학"(「나부끼는 안녕─마녀 일기 8」)임을 우리에게 알려 준다. 마녀가 사는 곳은 "통증의 풍문을 먹고 자란 문장들"(「지니야, 지니야─마녀 일기 5」)이 "꿈을 접었다 펴는 곳"(「홀림─마녀 일기 7」)이었던 셈이다. 이처럼 강순의 시에서 마법은 강렬한 몸의 기억 속에 펼쳐진다.

원래 '몸'이란 인간을 구성하는 가장 구체적이고 감각적인 물리적 실체이자 모든 문화가 생성되는 최초의 지점이다. 하지만 그동안 '몸'은 '이성(정신)'에 비해 현저하게 그 중요성이 떨어지는 범주로 평가절하되어 왔다. 그러던 것이 탈(脫)근대적 기획에 따라 근대가 억압해 온 가치론적 범주로서의 인간의 '몸'은 서서히 부활한다. 몸을 통한 세계의 무한한 해석 가능성에 입각한 이러한 패러다임 전환은 마이너리티의 목소리로 존재하던 육체성의 발현을 도우면서, 당당하게 자신만의 역동적인 인식론적 표지(標識)를 그려

가게 된다. 강순 시편에 나타난 '몸'의 기억은, 더없는 존재론적 통증을 느끼면서, '나'와 수많은 '나들'을 응시하면서, 풍문과 망각을 넘어, 이성 편향의 불구적 역사를 넘어 가장 구체적인 원형에 가닿는 재발견의 운동이라 할 것이다. 그것을 일러 시인은 '마법'이라고 명명했을 것이다.

4. 날개의 상실과 회복, 연민과 사랑의 날갯짓

강순이 포착하고 노래하는 몸의 기억에서 가장 중요한 이미지가 바로 '날개'다. 누군가에게 한없는 비상의 활력을 부여해야 할 '날개'는 강순의 시에서 대체로 부재의 형식으로 존재한다. 그래서인지 시인은 존재 결여의 목소리에서 새로운 존재 생성의 목소리로 끝없이 나아가려 한다. 전통적으로 시적 감정은 숭고와 균형과 조화를 이루는 방향으로, 심미적 효과를 이루는 방향으로 조직되어 갈 가능성이 크다. 하지만 강순의 시에서 그것은 어떤 상실감과 부재의 형식 때문에 깊은 일탈과 부조화로 나아가기도 한다. 이때 상상력의 새로움이 중요한 관건으로 작용함은 말할 나위도 없을 것이다. 강순 시인의 상상력은, 여러 음역(音域)의 새로움을 통해 이러한 감정과 정서의 복합성을 활달하게 증언하고 있다. 그 활력이 바로 결핍과 충일의 내력을 충실하게 보여 주는 것이다. 이렇게 그녀가 세계를 전유하고 구성해 가는 상상력이야말로, 우리 시대가 흘깃 지나칠 뻔했던 유력한 시적 표지(標識)가 아닐 수 없다. 융융하고 가없는 웅숭깊음이 여기 선연하게 존재한다.

날개를 찾는 동안 밑줄로 세워진 벽은 단단했다 척수에
잘못 투입된 약물로 날개는 순식간에 사라져 버렸다 의사는
한마디 사과도 없이 벽에 밑줄 하나를 그으며 수술실을 나
섰다 나는 날개를 찾지 못해 박제가 되어 갔고 신이 나의 날
개를 숨겼다고 믿는 이들이 늘어 갔다 벽이 너무 단단해서
벽들의 밑줄들을 지나 벽들의 울음들을 지나 벽들의 방들을
지나 벽들로 된 거대한 빌딩을 찾으면 온통 밑줄들뿐이었다
이번 생은 강조점이 너무 많아 벽들이 더 촘촘했다 벽을 향
해 마비된 몸을 마구 던졌다 신이 이미 죽어 버렸다는 소문
이 벽 속에서 들려왔다 거짓과 진실이 구분되지 않는 밑줄
들은 나의 문장부호가 아니기를 모든 기도가 문장 속에 날
개를 숨기고 있기를 밑줄은 말줄임표 속에도 숨어들었다 슬
픈 기도가 벽에 가닿도록 죽을힘을 다해 벽을 받으면 공포
의 밤들이 정수리에 쌓였다 정지된 시간이 벽의 안쪽과 바
깥쪽 모두를 단단히 포박했다 미래에 태어날 멜랑콜리한 문
장들은 벽에 안착하려고 꿈틀댔고 미래에 사랑받을 나의 소
품들은 악몽 속으로 이사 왔다 소문에 전염된 벽들이 앙상
한 손톱을 뻗칠 때 수많은 신들이 밤마다 죽어 나갔다 나는
끌려가는 신들의 비명을 숨기느라 매번 귀를 틀어막았다 아
침이면 병상에 밑줄들이 쌓여 거대한 산을 이루었다 나의
망토와 고깔모자는 그렇게 밑줄들로 만들어졌다
                                        ─「날개를 찾는 동안」 전문

이 아름다운 산문시는 날개를 잃어버린 화자가 날개를

찾아가는 동안 발견한 '벽'에 대해 노래한다. 순식간에 날개가 사라지자 의사는 '벽'에 밑줄 하나를 그으며 수술실을 나선다. 화자는 날개를 찾지 못해 박제가 되어 가고, 사람들은 신(神)이 "나의 날개"를 숨겼다고 믿는다. 그러나 온통 "밑줄들"만 그어져 있는 벽은 완강하고 단단했다. 그렇게 날개를 찾는 동안 화자는 촘촘한 '벽'을 향해 마비된 몸을 던진다. 모든 기도가 문장 속에 날개를 숨기고 있기를 바랐지만, 화자는 밑줄이 어느새 '말줄임표' 속으로 숨어들었음을 발견하게 된다. 슬픔과 공포의 시간이 '벽'의 안쪽과 바깥쪽을 포박했을 때, "미래에 태어날 멜랑콜리한 문장들"과 "미래에 사랑받을 나의 소품들"이 꿈틀댔고, 이때 비로소 화자는 병상에 "밑줄들"이 쌓여 거대한 산을 이루는 것을 바라보았을 뿐이다. 이 작품의 저류에는 "많은 말들이 허공의 깊이에 파묻힌"(「일요일이 사라졌다」) 상황에서 "처음부터 내게 날개 같은 건"(「유언장」) 없었을지도 모른다는 시인의 자각이 흐르고 있다. "누군가에게 빛인 것이 누군가에겐 어둠/누군가에게 어둠인 것이 누군가에겐 빛"(「가로등의 목격」)이듯이, 시인은 어둑하게 자신의 삶을 구성하고 있는 날개의 상실과 회복 과정을 상상하면서, 미래에 가닿아야 할 문장과 소품들을 그려 본다. 그 점에서 강순은 미래형의 시인이기도 하다.

　　나는 날갯짓을 만 번쯤 해서
　　네게로 간다

너는 나의 방문에 초연한 듯

울지도 웃지도 않는다

모든 꽃들은 웃지 않는다

인간만이 꽃을 오해한다

내 눈빛을 읽은 너는

이제 붉은 입술이 없구나

몽상의 한가운데

나는 너의 왼쪽 시린 곳에 앉는다

나의 생은 부풀어 올라 달에게 가고 싶었다

신을 만나 약속받고 싶었다

달의 유효기간이 얼마일까?

눈을 감을 때는 아껴 두었던 네 오른쪽을 꺼내 본다

어둠 속에 떠오르는 노란 이마

네가 내준 게 입술뿐이 아니었구나

네 몽상에 나를 자주 초대하였구나

나처럼 바람에 흔들렸구나

나처럼 부풀어 올랐구나

신에게 질문도 하였구나

밤마다 한 잎 한 잎 색 입혀

나를 그렸구나

우리는 벌거벗고 달빛 열반에 있었구나

우리 온도가 가슴 시리게 뜨거웠구나

네게로 가던 허공의 빗금들

꿈에서 깨면 날갯죽지가 많이 아프다

'음펨바 효과(Mpemba effect)'는 특정 상황에서 고온의 물
이 저온의 물보다 더 빨리 얼어 버리는 현상 또는 그 효과
를 말한다. 여러 차례의 날갯짓으로 '나'는 '너'에게로 갈 수
있을 것이다. 하지만 초연한 '너'의 표정에는 꽃들도 웃지
않고, '나'의 눈빛을 읽은 '너'는 붉은 입술을 가지고 있지 않
다. 그럼에도 '너'의 왼쪽 시린 곳에 앉은 '나'의 생은 '너'로
인해 부풀어 오르기도 하고, "달빛 열반"에 든 우리의 온도
가 가슴 시리게 뜨거웠다는 것을 뒤늦게 알아채기도 한다.
'너'에게로 가던 허공의 빗금들이 꿈에서 깨면, 그 많은 날
갯짓으로 하여 마침내 화자는 고통스러웠던 날갯죽지를 떠
올릴 것이다. 이처럼 시인은 가슴 시리게 뜨거웠던 '너'와
'나' 사이의 온도야말로, 음펨바 효과처럼, 지난날 자신들의
열정과 사랑을 환기하는 은유적 상관물임을 노래한다. 그
연민과 사랑의 날갯짓이 바로 타자를 향한 결핍과 충일의
내력을 보여 주는 것이다.

　이처럼 강순은 뭇 존재자들의 슬픔을 불가피한 존재 형
식으로 노래하면서도, 한편으로는 지상의 모든 존재자들
을 따뜻하게 감싸 안는 넉넉한 품을 보여 준다. 가령 그녀
는 수많은 날갯짓을 통해 누군가에게로 가려는 존재의 내
면 풍경과 그에 얽힌 기억들을 섬세하게 그려 가면서, 어떤
중심으로부터 배제되고 지워져 가는 존재자들을 애정 있게
관찰하고 복원해 낸다. 이는 그녀가 한결같이 약하고 둥글

고 부드러운 것들을 옹호하는 데서 더욱 선명하게 확인되는 '시적인 것'의 실체일 것이다. 이때 우리는 강순의 시가 한편으로는 날개의 상실과 회복 과정으로, 다른 한편으로는 한없는 연민과 사랑의 날갯짓으로 이루어져 있음을 거듭 실감하게 된다. 그 점에서 강순은 영락없는 '사랑'의 시인이다.

5. 자신만의 생의 형식으로서의 '시(=문장)'

이제 이번 시집을 가득 채우고 있는 '문장'에 대한 자의식을 살필 차례이다. 강순은 '문장'으로 비유되고 있는 '시(詩)'가 바로 자신이 살아온 시간의 구체적 표현이요 내밀한 심정 토로의 양식임을 믿으면서, 가감 없이 자신이 살아온 날들을 재구하고 성찰해 간다. 그만큼 이번 시집은 그녀가 아프게 통과해 온 시간들에 대한 재현과 치유의 기록을 담으면서, 지나온 시간 속에서 소용돌이치는 기억의 풍경에 자신의 열정을 남김없이 바치고 있는 시인의 모습을 약여하게 보여 준다. 시인은 "문장은 문장끼리 모여서 고독"(「불면의 배후」)하지만 자신의 시를 통해 "하늘이 울자 문장도 따라"(「태풍」) 우는 순간을 기록하면서, "어떤 문장들은 붉은 꽃잎"(「만유인력」)이고 "우리는 서로의 문장을 덮고/뜨거운 연인"(「Bed is bad」)이 되어 감을 노래한다. 또한 강순은 이번 시집을 통해 지나온 시간들을 추스르고 응시하는 주체의 내면 형식에 대해 깊은 질문을 하고 있는데, 이때 삶을 구성하고 펼쳐 가는 근원적 원리로서의 내면 형식은 태도

차원의 것이기도 하고 정신 차원의 것이기도 하다. 그 점에서 강순은 실재와 상상, 비상과 침잠, 재현과 치유의 교호 속에서 자신만의 생의 형식으로서의 '시'를 써 가는 궁극적인 의미의 메타적 시인이다. 그 과정이 '단어' 혹은 '문장'이라는 비유적 형식을 입고 나타나는 것이다.

> 즐거운이라는 단어에 힘을 주고 오렌지라는 단어에 힘을 빼다 쪼그라든 혹은 비틀린 연애가 된다
> 즐거운이라는 단어를 파먹다가 오렌지라는 단어를 내뱉는다 남겨진 혹은 떠나간 연인이 된다
> 즐거운이라는 단어를 버리고 오렌지라는 단어를 먼저 먹는다 실체 없는 혹은 맹목적인 사랑이 된다
> 즐거운이라는 단어를 숨기고 오렌지라는 단어도 숨긴다 누가 오렌지를 엿볼까 훔쳐 갈까 종일 일을 설치고 있다
> 즐거운이라는 단어를 길게 잡아 늘이고 오렌지라는 단어도 길게 잡아 늘인다 외줄 같은 혹은 엿 같은 기억이 된다
> 펜대를 굴리며 머리를 박고 즐거운을 파먹다가 버리다가 숨기다가 늘이다가 오렌지를 내뱉다가 먹다가 숨기다가 늘이다가 우울한 핫도그를 먹는다
>   ―「즐거운 오렌지가 되는 법」전문

이 경쾌하고 개성적인 작품은 "즐거운 오렌지"가 가지는 여러 층위의 사연 혹은 효과를 보여 준다. 시인은 '즐거운'이라는 말과 '오렌지'라는 말을 일차적으로 분리하여 그 사

이에 원심력을 부여한다. 가령 "즐거운이라는 단어" 쪽에
는 힘을 주고, 단어를 파먹고, 단어를 버리면서, "오렌지라
는 단어" 쪽에는 힘을 빼고, 단어를 내뱉고, 단어를 먼저 먹
는다. 그러고 나니 그 말들은 "쪼그라든 혹은 비틀린 연애"
나 "남겨진 혹은 떠나간 연인"이나 "실체 없는 혹은 맹목적
인 사랑"이 되어 버린다. 그래서 이번에는 "즐거운이라는
단어"나 "오렌지라는 단어"를 함께 숨기고 함께 길게 잡아
늘여 본다. 그러니까 그것은 외줄 같은 '기억'이 되어 간다.
그렇게 한쪽으로는 '즐거운'을 파먹고 버리고 숨기고 늘이
는 장면을, 한쪽으로는 '오렌지'를 내뱉고 먹고 숨기고 늘이
는 연쇄 과정 속에서 시인은 스스로 "즐거운 오렌지가 되는
법"을 알아 간다. 작품 말미에서는 "우울한 핫도그를 먹는
다"고 했지만, 그것은 마치 "즐거운 오렌지"에서 '즐거운'과
'오렌지'가 따로 역주행할 수 없듯이, '우울함'과 '즐거움' 또
한 어느새 한 몸임을 알려 주는 것이다. 그렇게 "오렌지는
귀가 쫑긋 열려 있는"(「밀애」) 미학적 실체로 살아난다. 이렇
듯 이번 시집에서 강순은 "꿈속을 출렁이는 나비는/말을
고르고 있는"(「허기」) 모습을 가멸차게 보여 주면서, 스스로
의 시어를 이렇게 정성스럽고 환하게 고르는 정예(精銳) 시
인으로, "나의 운명은 천여 톤의 붉은 질문들"(「곶감이라는 이
유」)임을 명확하게 아는 시인으로 스스로를 부조(浮彫)한다.
단어(혹은 문장)의 위의(威儀)를 힘 있게 붙잡은 채 "바람이
방향을 바꿀 때는 땅의 울림에 귀 기울여"(「박쥐의 계절」) 듣
고, "꿈 안에서 중심을 잃는/현혹"(「키스」)을 추스르는 장인

(匠人)으로서 말이다.

슬픔은
당신 등을 평생 파먹는 곤충

등을 동글게 만
애벌레처럼
엄마의 일생은 펴기가 징그럽다

어디쯤에서 날개를 잃어버렸나

꿈틀꿈틀
몸 안팎에 익명의 선언문을 쓰느라
신음으로 지우고 고치는 순간

주름 속에서
못내
나비는 다다를 수 없는 낯선 혁명 같다
눈 감아 가는 안락국 어디쯤이다

눈물보다 강한 문장들
유언으로 등에 새기는가

이제 저기 햇볕 쪽으로 가요

조금만 더 힘을 빼고 문장들을 버려요

병실 침대가 허공에 떠 있다

—「어쩌면 나비」 전문

시인은 '슬픔'이야말로 "당신 등을 평생 파먹는 곤충"이며, 그렇게 등을 동글게 만 채 애벌레처럼 병실 침대에 누워 계신 '엄마'의 일생은 어디쯤에서 날개를 잃어버린 존재일까 하고 생각해 본다. 꿈틀꿈틀 봄 안팎으로 익명의 선언문을 쓰고 지우고 고쳤던 고통의 순간들이 "주름 속에서/못내/나비는 다다를 수 없는 낯선 혁명" 같은 시간을 말해주고 있다. 시인은 그러한 엄마의 모습에서 "눈물보다 강한 문장들"을 바라보면서 "유언으로 등에 새기는" 세월을 느낀다. 조금 힘을 빼고 문장들을 버릴 때 "어쩌면 나비"가 되어 허공으로 날아갈 수 있으리라는 쓸쓸한 예감 속에서 그분의 일생이 "잘려도 다시 자라나는 기억들을 떨구며 날아간"(「망토를 버리지 않는 이유」) 날개의 시간을 읽고 있는 것이다. 그렇게 강순은 "점점 길어져서 이제/구부러지는 문장들"(「키스」)을 통해 "당신은 조그만 변명이다가 커다란 침묵이다가/달콤하게 녹는 문장"(「혼밥 파티」)임을 확인해 간다. "쓸모없는 문장들을 동굴 속에 키우고"(「네오리얼리즘」) 살아온 시간이었다지만, "밤이면 깨어나 이 문장에서 저 문장으로 왔다 갔다 할 것이고/문장들을 계속 괴롭힐 것이고/문장들에게 침묵을 강요할 것이고/문장들에게 질문을 강제

할"(『초대장』) 자신을 긍정하고 스스로 응원한다. 그 점에서 강순의 이번 시집은 "기억할 수 있는 문장"(『동전의 목소리』)의 형상으로 남을 것이다.

이처럼 실로 다양한 '문장'들을 수습하고 표현하면서 시인은 궁극적으로 '시(詩)'에 대한 의식을 현저하게 보여 준다. 심미적 축약 속에 자기 기억을 쏟아 놓을 수밖에 없는 '시'라는 언어예술에 대해 적극적으로 사유하는 자의식을 보여 준 것이다. 이러한 성찰을 통해 그녀는 언어적 욕망으로 충만한 시인으로서의 존재 규정을 강화해 간다. 그리고 사물의 시간 속에서 언어를 발견하고 경험하려는 존재로 나아간다. 각별한 존재 전환을 통해 지상의 자음과 모음으로는 도저히 가닿을 수 없는 새로운 언어 경험에 이르는 것이다. 그럼으로써 강순은 자신만의 생의 형식으로서의 '시'를 써 가는 것이다.

6. 아득한 깊이를 거느린 심미적 심연

지금까지 우리가 천천히 읽어 왔듯이, 강순의 두 번째 시집 『즐거운 오렌지가 되는 법』에 나타나는 시인의 목소리는 매우 구체적이고 선명한 자기 기원(origin)을 가지고 있다. 그 과정에서 가장 중요한 것이 바로 '기억'이라는 운동과 그것을 현재화하는 '문장(=시)'이라는 양축이다. 강순의 시는 기억과 회귀의 문장을 통해 우리로 하여금 가장 근원적인 삶의 이치를 밀도 있게 경험케 하는 동시에 사물의 표면을 깊이 투시하여 그 이면에 아득한 깊이를 거느린 심미적 심연을 응시해 간다. 그리고 우리의 가파른 현실에 대한 섬세하고도 강한 투시의 시선을 보여 준다. 그렇게 멀고도 긴 시간 속으로 가닿는 '기억'이 귀일하는 '문장'을 밀어 가는 궁극적 힘이 바로 시인으로서의 자의식이었던 셈이다.

그녀가 자신의 시 안에서 만들어 낸 이러한 시선은, 물론 최근의 것이기도 하겠지만, 지난 20여 년 동안 통과해 온 난경(難境)을 오래도록 담은 것이기도 할 터이다. 그 점에서 이번 시집은 강순의 지난날들을 응축한 것임은 물론, 그녀가 개척해 갈 미래형을 암시해 주기도 한다. 그래서 우리는, 일찍이 "언어에서 언어를 받아 내는 뛰어난 산파적 상상력과 존재의 소멸 위협을 무릅쓰고 언어와의 합일을 시도하는 대담함, 그리고 언어와 존재의 경계선을 따라 춤을 추듯 걷고 있는 그 화려함"(윤지영, 「텅 빈 거울 언어로 놀이하기」, 『이십 대에는 각시붕어가 산다』)을 보여 준 바 있는 그녀의 마법 같은 세계가 독자들에게 성큼 다가가기를 희원해 본다. 더불어 그녀의 다음 세계가, 더욱 아득한 깊이를 거느린 심미적 차원으로 한 걸음 더 깊이 나아가기를, 확연한 믿음으로, 기대해 보는 것이다.